El Niño Hada

CARLOS
The Fairy Boy

by/por Juan A. Ríos Vega

Reflection Press
San Francisco, CA

"I can't wait to get to Panama and visit abuelita's house for the first time and have fun with my cousins during carnival!" I cried out.

"I'm excited too! I used to spend carnival in *Las Totumas* every year," Mamá said.

—¡No veo la hora de llegar a Panamá y visitar la casa de abuelita por primera vez y divertirme con mis primas durante el carnaval!"
—exclamé.

—¡Yo también estoy emocionada! De niña, pasaba el carnaval en *Las Totumas* todos los años. —dijo Mamá.

"On Friday at midnight, *Las Totumas* presents its two queens, *Calle Arriba* and *Calle Abajo*," added Mamá. "You have to stay up late, honey," she cautioned.

4

—El viernes a medianoche, *Las Totumas* presenta a sus dos reinas, *Calle Arriba* y *Calle Abajo* —agregó Mamá. —Tienes que quedarte despierto hasta tarde, cariño —advirtió.

"Each queen represents a different street. Carnival lasts for 5 days, but it takes a whole year for everybody to prepare," said my Papá.

"During the days, everybody goes downtown to celebrate with music, dancing, and plenty of water from tank trucks with huge hoses like firefighters use. They're called *culecos*," he added.

"What's that?" I asked.

—Cada reina representa una calle diferente. El carnaval dura 5 días, pero se necesita todo el año para prepararlo, —dijo mi Papá.

—Durante el día, todos van al centro del pueblo para celebrar con música, baile y mucha agua de los camiones cisternas con mangueras enormes como las que usan los bomberos. Se llaman *culecos*, —agregó.

—¿Qué es eso? —pregunté.

"*Culecos* are like a game. People dance and shout, *agua*, *agua*, so they get splashed with water from the tank truck hoses," exclaimed my Mamá.

"Kids bring gigantic water guns too!"

"It sounds like a lot of fun! I want to go to the kkkkoooleeekos," I said and we all laughed.

—*Los culecos* son como un juego. La gente baila y grita: *agua*, *agua*, para que los mojen con las mangueras del camión cisterna, —exclamó mi Mamá.

—¡Los niños también llevan gigantescas pistolas de agua!

—¡Suena muy divertido! Quiero ir al kkkkuuuleeekos, —dije y todos nos reímos.

"People party all day until the afternoon, take a nap, eat, and get ready for more events at night," Papá said.

—La gente celebra todo el día hasta la tarde, duermen una siesta, comen y se preparan para más eventos en la noche, —dijo Papá.

"At night, people dress up and wait to see fantastic floats carrying the carnival queens and their courts down the streets. Both queens, their families, and friends sing funny songs about each other in a *tuna*," shared my Mamá.

"What's a *tuna*?" I asked.

—Por la noche, la gente se viste muy bien y espera a que aparezcan las fantásticas carrozas que llevan las reinas del carnaval con sus cortes recorriendo las calles. Las dos reinas, acompañadas de sus familias y sus amigos, se cantan graciosas tonadas, la una a la otra, en *las tunas*, —compartió mi Mamá.

—¿Qué es una *tuna*? —pregunté.

"*Tuna* is when people sing and dance *tonadas* with *la murga*, a group of musicians playing behind the queens' floats," said my Mamá.

"I remember people even sang about family secrets through those *tonadas*!" said my Papá.

"I want to sing and dance *tonadas* with *la murga*!" I said.

"Me too!" said my Mamá.

—Una *tuna* es un gran grupo de personas que canta y baila *tonadas* con *la murga*, que es un grupo de músicos que toca detrás de las carrozas de las reinas, —dijo mi Mamá.

—¡Recuerdo que la gente incluso revelaba secretos familiares a través de esas *tonadas*! —dijo mi Papá.

—¡Quiero cantar y bailar *tonadas* con *la murga*! —dije.

—¡Yo también! —dijo mi Mamá.

As soon as we arrived to *Las Totumas*, I met my two cousins. They told me that they were going to be on the queen's float dressed as fairies.

"I want to be on the float with you!" I shouted excitedly.

"You can't be on the float," one cousin said.

"Only girls can be on the float," said the other.

Tan pronto como llegamos a *Las Totumas*, conocí a mis dos primas.
Me dijeron que iban a estar en la carroza de la reina vestidas de
hadas.

—¡Quiero estar en la carroza con ustedes! —exclamé

—No puedes estar en la carroza, —dijo una prima.

—Solo las niñas pueden estar en la carroza, —dijo la otra.

"I want to be on the queen's float with my cousins. Why can't I be a fairy boy?" I asked my Papá.

"Only girls can ride on the float," he admitted.

"They all want to be queens in the future. It's *tradición*," he said.

My abuelita put her foot down and said, "it's about time to break that *tradición*. During carnival, we need to celebrate who we really are."

—Quiero estar en la carroza de la reina con mis primas. ¿Por qué no puedo ser un niño hada? —le pregunté a mi Papá.

—Solo las niñas pueden ir en la carroza —comentó.

—Todas quieren ser reinas en el futuro. Así es la tradición, —dijo.

Mi abuelita se disgustó y dijo firmemente:

—Ya es hora de romper con esa tradición. Durante el carnaval, debemos celebrar quiénes somos realmente.

The next day abuelita took me to meet her friend Luis, a famous carnival costume maker in town.

She told Luis, "I want you to make the most beautiful fairy boy costume for my grandson, Carlos. He is very special like you."

Al día siguiente, abuelita me llevó a conocer a su amigo Luis, un famoso diseñador de disfraces de carnaval del pueblo.

Ella le dijo a Luis:

—Quiero que hagas el disfraz de hada más hermoso para mi nieto, Carlos. Él es muy especial, como tú.

Luis looked at abuelita, then at me and said,

"I will surprise you with the most amazing fairy boy costume! One that carnival goers have never seen before."

"Gracias, Luis! Gracias!" I blurted out.

Luis miró a mi abuelita, luego a mí y dijo:

—¡Te sorprenderé con el disfraz de hada más espectacular! Un disfraz que nunca antes se ha visto en el carnaval.

—¡Gracias, Luis! ¡Gracias! —exclamé.

Luis worked all night.

Luis trabajó toda la noche.

The next day, he delivered my fairy costume.

"It's the most beautiful thing I've ever seen, Luis! I can't believe this is for me. And these wings make me feel like I can fly like a real fairy!"

Al día siguiente, Luis trajo mi disfraz de hada.

—¡Es lo más hermoso que he visto, Luis! No puedo creer que esto sea para mí. ¡Y estas alas me hacen sentir que puedo volar como una verdadera hada!

"I always wanted to be a fairy boy when I was young, but I wasn't allowed. Some people bullied and made fun of me for being who I am." Luis said with teary eyes.

"You could still be a fairy," I told him. "You're the best costume maker in town."

—Siempre quise ser un niño hada cuando era joven, pero no me lo permitieron. Algunas personas me atacaban y se burlaban de mí por ser quien soy.

—dijo Luis con ojos llorosos.

—Todavía podrías ser un hada, —le dije. —Eres el mejor diseñador de disfraces del pueblo.

That night my parents and abuelita proudly watched me flying high on the float. I was the happiest fairy boy in the carnival.

And then I saw another pair of wings! Luis was wearing his own beautiful handiwork.

Esa noche, mis padres y abuelita, con orgullo, me vieron volando en lo alto de la carroza. Yo era el hada más feliz del carnaval.

¡Y luego vi otro par de alas! Luis llevaba puesta una hermosa creación, elaborada por sus propias manos.

After the parade, we all celebrated the end of the carnival together in a big *tuna*, singing:

Después del desfile, todos celebramos el final del carnaval, juntos en una gran *tuna* cantando:

¡Que viva el carnaval!
¡Que viva nuestra reina!
¡Que viva nuestra gente!
¡Que viva Las Totumas!

¡Qué lindos que son!
¡Qué lindos que son!
Los ojos de nuestra reina.

From the Author

When I was young, I always felt different from the rest of the kids in my neighborhood and school. Like Luis in the story, I was sometimes bullied for just being myself.

And similar to Carlos, I believe my *abuelita* recognized that I was different and did small things to show me that I was important and special.

I created the imaginary town of *Las Totumas* based on my childhood and time in Panama. I wanted some place familiar, but one that could hold a new story for family allies like *abuelita*, talented community members like Luis, and fairy boys like Carlos.

The character of Luis is based on stories I gathered from the talented friends and men who work on the queens' gowns all year. It is my way of honoring them and their beautiful work and adding to the celebration of Panama's Carnaval.

PHOTO BY ROBERT W. NOLAN

Del Autor

Cuando era joven, siempre me sentía diferente al resto de los niños de mi vecindario y mi escuela. Como Luis en la historia, a veces me intimidaban solo por ser yo mismo.

Y al igual que Carlos, creo que mi abuelita reconoció que yo era diferente e hizo pequeñas cosas para mostrarme que yo era importante y especial.

Creé el pueblo imaginario de *Las Totumas* basado en mi infancia y tiempo en Panamá. Quería un lugar familiar, pero que pudiera contener una nueva historia para familiares aliados como abuelita, miembros de la comunidad con talento como Luis y niños hadas como Carlos.

El personaje de Luis se basa en historias que recopilé de talentosos amigos y hombres que trabajan en la elaboración de los vestidos de las reinas durante todo el año. Es mi manera de honrarlos a ellos y su hermoso trabajo y de contribuir a la celebración del Carnaval de Panamá.

Panamanian Spanish Words:
Palabras de la herencia cultural panameña:

Las Totumas: The Gourds

Calle Abajo: down the street

Calle Arriba: up the street

Culecos: game where people get splashed with water

Tonadas: rhyming songs

Murga: musicians

Abuelita: Grandmother, Granny

Dedication: to children all over the world, who are sometimes belittled or ridiculed for being themselves.

Dedicatoria: A todos los niños del mundo, que a veces sufren menosprecio y burlapor ser quienes son.   – Juan

¡Que viva el carnaval!	Long live carnival!
¡Que viva nuestra reina!	Long live our queen!
¡Que viva nuestra gente!	Long live our people!
¡Que viva Las Totumas!	Long live Las Totumas!
¡Qué lindos que son!	How beautiful they are!
¡Qué lindos que son!	How beautiful they are!
Los ojos de nuestra reina.	The eyes of our queen.

ABOUT CARNIVAL

Carnival is a huge party celebrated around the world in over 50 countries. In Panama, it is considered the most important festival of the year and goes on for 4 days and 5 nights. The origin of these celebrations dates back to pre-Christian pagan festivals, and is connected to the rhythm and seasons of agricultural work. They were later tied to the beginning of Lent leading up to the Christian holiday, Easter.

Carnival in Panama dates back to colonial times when large groups of *the people* would disguise themselves as the ruling elite to make fun of their authority over them. Eventually carnival became state sanctioned in Panama and used to celebrate and not to mock the ruling elite. Currently it is an opportunity for everybody to step out of daily life and celebrate together.

In many towns in the interior of the country, the carnival queens represent two opposing neighborhoods, *Calle Arriba* and *Calle Abajo*.

Festivities begin Friday when both queens are crowned. The days are spent playing and getting wet with water games called *culecos*. The nights are spent dancing and singing at the park or through the parades.

During the nightly parades the two queens' floats are accompanied by a crowd of people, called *tunas*, who use singing to playfully mock each queen. Tuesday night is the BIG night when the queens parade in their beautiful *polleras*, traditional, lushly embroidered skirts, blouses, and bright *tembleques*. Very early in the morning on Wednesday fireworks and rockets are set off to show the triumph of both queens. This also announces that the carnival has ended.

And preparation for the next year begins!

ACERCA DEL CARNAVAL

El carnaval es una gran fiesta que se celebra en todo el mundo en más de 50 países. En Panamá, se considera una de las fiestas más importantes del año y dura 4 días y 5 noches. El origen de estas celebraciones se remonta a las fiestas paganas precristianas, y está relacionado al ritmo y las estaciones del trabajo agrícola. Más tarde estas celebraciones se vincularon al comienzo de la Cuaresma que conducía a la festividad cristiana de la Pascua de resurrección.

El carnaval en Panamá se remonta a la época colonial, cuando grandes grupos de personas se disfrazaban de la élite gobernante para burlarse de su autoridad sobre ellos. Con el tiempo, el carnaval se convirtió en una celebración nacional en Panamá y se utilizó para celebrar y no para burlarse de la élite gobernante. Actualmente es una oportunidad para que todos salgan de la vida cotidiana y celebren juntos.

En muchos pueblos del interior del país, las reinas del carnaval representan dos barrios opuestos, *Calle Arriba* y *Calle Abajo*.

Las festividades comienzan el viernes cuando se corona a ambas reinas. Los días se pasan bailando, cantando y mojándose con el agua de *los culecos*. Las noches se pasan bailando y cantando en el parque o a lo largo de los desfiles.

Durante los desfiles nocturnos, las carrozas de las dos reinas están acompañadas por una multitud de personas, llamadas *tunas*, que utilizan el canto para burlarse sarcásticamente de cada reina. El martes por la noche es la GRAN noche en la que las reinas desfilan con sus hermosas polleras, tradicionales faldas bordadas, blusas y tembleques brillantes. Muy temprano en la mañana del miércoles se ponen en marcha fuegos artificiales y cohetes para mostrar el triunfo de ambas reinas. Esto también anuncia que el carnaval ha terminado.

¡Y comienza la preparación para el próximo año!

About the
AUTHOR

PHOTO BY ROBERT W. NOLAN

Juan A. Ríos Vega is a queer Latino educator and researcher from Panama who loves to write, read, and make things, especially puppets. This is his first children's book and he's already dreaming up his next one! He currently teaches in the Department of Education, Counseling, and Leadership at Bradley University and is an active member in the Association for Jotería Arts, Activism, and Scholarship (AJAAS).

How this book came to be...
(a note from mentor, Maya Gonzalez)

I've been making children's books for over 25 years and I've learned that one book always leads to another. This book is a result of the first book I mentored, *When We Love Someone, We Sing To Them*, authored by Ernesto Martínez and illustrated by me. I knew I couldn't illustrate every book I wanted to mentor, so my next hope was to work with someone who wanted to both write and illustrate their own book. Enter Juan!

Juan had no children's book experience, but was totally committed. Perfect. I believe EVERYONE HAS A STORY and EVERYONE IS AN ARTIST. I immediately knew Juan's story was important, but his playfulness and persistence with the art made my heart dance. It's a lot of learning and work to create both the writing and the art for a book, but Juan shows that it's not only doable, it's beautiful!

I know this book will inspire and lead to many more books!

Why does this excite me? Because our LGBTQI2S community has been traditionally silenced and erased in Western culture, and the few books written about our community are generally not written <u>by</u> us. So coming into voice and art is both a revolutionary and a healing act.

Our LGBTQI2S stories are valuable for us to write and for kids to hear. Only we can tell our stories from our hearts and our lived experience. This shows kids that we are here, we have always been here and we will always be here. Our stories are our legacy. Pass it on.

Sobre el AUTOR

Juan A. Ríos Vega es un educador Latino queer e investigador de Panamá a quien le encanta escribir, leer y crear cosas, especialmente marionetas. Éste es su primer libro infantil y ya está planeando el próximo. Actualmente, enseña en el Departamento de Educación, Consejería y Liderazgo en la Universidad Bradley y es un miembro activo de la Asociación para las Artes, el Activismo y el Estudio de Jotería (AJAAS).

Como se logró este libro...
(una nota de la mentora, Maya Gonzalez)

He estado haciendo libros infantiles por más de 25 años y me he dado cuenta que un libro siempre conduce a otro libro. Este libro es el resultado del primer libro para el que fui asesora y que también ilustré, *Cuando Amamos Cantamos*, escrito por Ernesto Martínez. Sabía que no podía ilustrar todos los libros que quería guiar, por lo que mi próxima esperanza era trabajar con alguien que quisiera escribir e ilustrar su propio libro. Por suerte, ¡aparece Juan!

Juan no tenía experiencia en libros para niñxs, pero estaba totalmente comprometido. Perfecto. Creo que TODOS TIENEN UNA HISTORIA y TODOS SON ARTISTAS. Inmediatamente supe que la historia de Juan era importante, pero su alegría y persistencia con el arte hicieron que mi corazón bailara. Es bastante aprendizaje y trabajo crear tanto la escritura como el arte para un libro, pero Juan demuestra que no solo es posible, ¡es hermoso!

¡Sé que este libro inspirará y conducirá a muchos más libros!

¿Por qué me entusiasma tanto esto? Porque nuestra comunidad LGBTQI2S ha sido tradicionalmente silenciada y borrada en la cultura occidental, y los pocos libros escritos sobre nuestra comunidad generalmente no los escribimos nosotros. Así que manifestar nuestra propia voz y arte es un acto revolucionario y curativo.

Nuestras historias LGBTQI2S son merecedoras de ser escritas para que los niñxs las escuchen. Solo nosotros podemos contar nuestras historias desde nuestro corazón y nuestra propias experiencias. Esto les muestra a los niñxs que estamos aquí, siempre hemos estado aquí y siempre estaremos aquí. Nuestras historias son nuestro legado. ¡Corre la voz!

Art & Story Copyright © 2020 by Juan A. Ríos Vega
Published by Reflection Press, San Francisco, CA
Book Design & Production by Matthew SG

Printed in the USA
ISBN 978-1-945289-19-4 (hardcover)
ISBN 978-1-945289-20-0 (paperback)
Library of Congress Control Number: 2020944197

Summary: A Carnival tradition expands when a supportive abuela encourages her grandson to follow his fairy boy dreams!

Reflection Press is an independent publisher of radical and revolutionary children's books and works that expand cultural and spiritual awareness. Visit us at www.reflectionpress.com
For permissions, bulk orders, or if you receive defective or misprinted books, please contact us at info@reflectionpress.com

CPSIA information can be obtained
at www.ICGtesting.com
Printed in the USA
LVHW071147101221
705418LV00029B/665